BRUITS

DIVERS.

Prix, 30 centimes.

PARIS,

Chez CORRÉARD, libraire, Palais-Royal, galerie de bois.

12 mai 1820.

IMPRIMERIE DE MADAME JEUNEHOMME-CRÉMIÈRE,
RUE HAUTEFEUILLE, nᵒ 20.

BRUITS

DIVERS.

Le bruit a couru, et une brochure a rapporté ce bruit, que la sûreté d'un honorable député avait failli d'être compromise par le courage qu'il a montré en défendant nos libertés. On a commenté cette nouvelle, on l'a amplifiée comme il arrive toujours; on l'a ornée de circonstances contradictoires, mais conformes aux passions ou aux opinions de chaque narrateur. On a supposé que l'autorité avait prévenu l'honorable député du danger auquel il était en butte; d'autres ont cru que c'est au contraire celui-ci qui en a informé l'autorité. Je ne m'appesantirai sur aucune de ces versions, parce que si tout est présumable, dans l'état d'éréthisme des esprits, dans la situation extra-légale où des ministres imprudens nous ont placés, rien n'est clair, rien n'est prouvé au cas particulier, et que les amis de la liberté n'ont pas besoin, pour intéresser à leur cause, qui est la cause de la nation, de recourir au merveilleux, ni même de faire valoir les dangers réels auxquels ils se seraient exposés. La seule chose qui me paraisse importante, en cette circonstance, et j'avoue qu'elle me le paraît beaucoup, ce serait qu'il s'établît, sur les faits dénoncés dans le public, une enquête sérieuse qui en démontrerait l'absurdité, ou provoquerait contre les auteurs prétendus du complot dont il s'agit, les châtimens prononcés par les lois.

Je sais que les gouvernemens craignent le scandale, et que la tactique de tous les ministères est d'étouffer, avec le plus grand soin, certaines affaires criminelles dont ils n'ont pas eux-mêmes arrangé le dénouement. Les nations pensent à cet égard tout autrement que les hommes d'état; elles croient que les fictions dramatiques, les coups de théâtre, excellens sur la scène, sont souverainement déplacés au *forum*, lors même que les acteurs n'en sont pas les victimes; mais elles demandent, elles exigent aussi que tous les actes qui compromettent la sûreté des citoyens soient sévèrement recherchés, et elles s'imaginent que les tribunaux criminels n'ont été établis que pour cela.

En France, par exemple, le public n'a vu qu'avec une profonde indignation les ministériels de la Montagne dissoudre le comité des treize, créé pour obtenir justice de leurs amis les septembriseurs. Il n'a pas été beaucoup plus édifié des hurlemens, des cris de fureur par lesquels certains honnêtes gens ont imposé silence, en 1815, à un citoyen assez courageux pour dénoncer tout seul les égorgeurs de cette heureuse époque. Aujourd'hui, le même public, dupe depuis vingt-cinq ans de certaines expéditions, entreprises au nom de la bonne cause, et qui ressemblent très-fort à des assassinats, paraît médiocrement satisfait, non seulement des lenteurs de l'autorité dans la poursuite de ces délits privilégiés, mais encore de la mauvaise volonté que les parens de quelques illustres victimes paraissent mettre à se faire rendre justice. On trouve, en général, peu séant que certaines personnes, en montrant tant de froideur pour la cause de leurs proches, semblent

céder à des considérations d'antichambre, lorsque des af-
fections légitimes, et surtout la vindicte publique exige-
raient si impérieusement qu'elles stimulassent le zèle de
l'autorité. Mais on est surtout révolté que le pouvoir, si
acharné contre des écrivains qui n'ont d'autre tort que de
contrôler ses actes, se montre si indulgent pour des hommes prévenus d'assassinats.

Je conviens que, lorsque la peur ou des arrangemens
particuliers ferment la bouche aux plaignans, et que d'ail-
leurs le pouvoir se croit intéressé à prévenir le scandale
des révélations, il est impossible à la société d'obtenir ré-
paration des outrages qui lui sont faits dans la personne
de ses membres; mais le tort de quelques citoyens n'excuse
pas ceux qui les imitent; et, pour la sûreté commune, nous
demeurons tous dans l'obligation de dénoncer hautement
et de poursuivre imperturbablement les injustices ou les
crimes qui nous atteignent, lorsque le pouvoir institué pour
suppléer, en ce cas, à la faiblesse des particuliers, néglige
de remplir ses fonctions.

***

*Lettre d'un citoyen de Paris à un habitant du départe-
ment du Gard.*

Je vous remercie, mon cher ami, des renseignemens
précieux que vous m'avez donnés sur votre département.
Tout ce qui nous vient de ce malheureux pays excite
maintenant le plus grand intérêt. Grâce à la pétition d'un
magistrat courageux, personne ne doute des malheurs qui
ont affligé le midi de la France, et principalement Nîmes
et ses environs. Les ultrà ne pouvant plus nier les horribles

forfaits dont leur parti s'est souillé en 1815, cherchent à les excuser autant que possible, ou plutôt ils s'efforcent de détourner l'attention qui se porte sur ces funestes événemens. Vous paraissez désirer que je vous instruise des bruits qui circulent dans la capitale, des faits qui s'y passent; j'en prends d'autant plus volontiers l'engagement, que dans ce moment-ci les intérêts politiques absorbent tous les autres intérêts, au point que, quand bien même j'aurais à vous parler d'affaires particulières, je ne sais si je pourrais m'empêcher de vous entretenir de la chose publique.

A la bourse, à la promenade, aux spectacles, dans les rues, dans la boutique de l'artisan comme dans le comptoir du plus riche négociant, la conversation roule ordinairement sur la politique. Si deux amis se rencontrent après une longue séparation, les premières questions qu'ils se font après les complimens d'usage, sont toujours celles-ci : Eh bien ! que dit l'opinion dans votre ville, dans votre département ? que font les ultrà ? que pense-t-on de la nouvelle loi d'élection ? La police qui ne veut pas que les citoyens oublient leurs affaires personnelles pour s'occuper des affaires de l'état, fait souvent, dit-on, accompagner les discoureurs par des individus qui font semblant de lire l'affiche du coin, ou de regarder la brochure ou la caricature nouvelle, et qui ne perdent pas un mot de la conversation. Si la police veut s'éclairer sur l'opinion des Français, il ne faut pas lui en vouloir, il serait au contraire à désirer qu'elle la connût entièrement. Il est seulement à craindre que ses agens n'entendent quelquefois tout de travers, et vous sentez les conséquences d'un *quiproquo*.

C'est lundi prochain que la discussion sur le nouveau système d'élection doit s'engager. L'affaire sera chaude, si l'on en juge par le nombre de ceux qui se présentent au combat, et l'issue n'en serait pas douteuse, si le patriotisme joint à l'éloquence, devaient remporter la victoire. Les ministres ont dressé toutes leurs batteries pour exécuter leur plan contre-révolutionnaire. Assurés de l'aile droite, qui n'a pas besoin d'encouragement, ils s'efforcent de reconforter quelques membres du centre, dont la désertion ferait perdre la bataille; car dans les combats parlementaires, c'est toujours le nombre qui décide. C'est dans cette occurrence que le ministère a besoin de déployer son éloquence *cicéronienne*, pour retenir sous ses drapeaux ces hommes irrésolus qui ne s'en rapportent point aveuglément à sa bonne foi et à ses promesses.

Il circule une nouvelle qui pourrait bien mettre l'alarme et la division dans le camp ministériel. On parle du retour prochain de M. Decazes à Paris, et l'on ajoute que le noble duc va reprendre le timon des affaires. Les libéraux ne le désirent point, car M. Decazes leur a fait au moins autant de mal que de bien; mais dans le moment présent son rappel prouverait que *la puissance invisible* a été vaincue, et ce serait un coup de foudre pour le parti ultrà-monarchique. Vous apprendrez sans doute avec plaisir que M. de Saint-Aulaire, votre député, s'est fait inscrire contre le nouveau projet; il a justifié l'espérance qu'on avait conçue d'après sa conduite dans la mémorable séance où la pétition de M. Madier provoqua des éclaircissemens d'une aussi grande importance.

Je suis convaincu qu'en appuyant la pétition de l'honorable conseiller de Nîmes, et en s'inscrivant contre le nouveau projet, l'honorable député n'a fait que suivre l'impulsion de sa conscience; ce pendant des gens qui ont la manie de tirer des inductions, argumentent de l'opposition de

M. de Saint-Aulaire, pour en conclure que M. Decazes n'est pas loin de rentrer au ministère.

Si l'événement prouvait que leur pronostic était fondé, les ultrà qui déjà chantaient victoire, seraient au désespoir ; car leur triomphe dépend d'un homme. Vous ne pouvez vous figurer combien ils seraient confus d'avoir été dupés encore une fois. Quant aux libéraux qui combattent pour des principes, ils ne changent point d'attitude d'après les variations de la politique ministérielle ; retranchés sur le terrain de la Charte, ils ne peuvent être forcés ni battus, puisqu'ils ont pour eux la force de l'opinion, qui tôt ou tard franchit les digues qu'on lui oppose.

Vous avez sans doute entendu parler des tentatives criminelles de quelques individus obscurs, qu'on veut à toute force ériger en *libéraux* pour avoir un prétexte d'accuser le parti libéral d'encourager le crime et l'assassinat. Les calomnies les plus atroces sont publiées avec l'approbation de la censure, contre un parti (puisqu'on veut l'appeler ainsi) qui renferme dans son sein les hommes les plus recommandables dans le commerce, dans le barreau, dans les sciences et dans les lettres. Un garde-du-corps de Monsieur est blessé grièvement dans l'ombre de la nuit. L'instrument qui l'a frappé est sans doute une *idée libérale ;* et certes, on ne peut pas en douter, puisque l'assassin a eu la précaution d'y mettre l'étiquette suivante : *A bas les royalistes !* vive *la Char...* Remarquez surtout ce demi mot vive la Char..., c'est une idée libérale si jamais il en fut. Or vous savez que les idées libérales se transforment en poignards, selon l'heureuse expression de M........, et je ne vois pas de raison pour qu'elles ne se métamorphosent en pistolets, et quelquefois même en gros canon.

C'était encore une *idée libérale* que ce pétard qui a

éclaté pendant la nuit aux environs du château des Tuileries. La police, prévenue, a saisi le coupable machinateur au moment où il s'apprêtait à en faire partir un second dont l'explosion aurait produit plus d'effet que le premier. L'individu arrêté se nomme Gravier, il appartenait, dit-on à l'ex-garde; mais on dit aussi qu'il avait été chargé dans les cent jours d'une mission qui demandait plus d'adresse que de courage. Il circule des bruits étranges sur la moralité de cet individu. Les journaux de la faction aristocratique continuent d'affirmer qu'il n'a point commis ce double forfait de son chef, et qu'il a cédé à des instigations étrangères. Quel que soit le but qu'il se proposait, je croirais aussi qu'il a cédé à des *instigations étrangères*, et peut-être la manière d'interpréter ces *instigations*, serait-elle différente des interprétations des journaux ultra monarchiques.

On dit aussi, et je vous donne ce bruit pour ce qu'il vaut, que des militaires français auraient conçu la pensée d'attenter à la vie de deux députés du côté gauche qui ont rendu de grands services à la cause nationale. Mais ne récriminons point; que ces faits particuliers ne nous fassent pas perdre de vue de plus grands intérêts qui sont maintenant en question. Il s'agit de savoir si tous les sacrifices que nous avons faits depuis trente ans, auront été infructueux. Il s'agit de savoir si les mandataires de la nation voudront rétablir une aristocratie incompatible avec nos mœurs et nos opinions. Il s'agit de savoir enfin si les français voudront être libres ou esclaves.

L'esprit de parti s'empare de toutes les nouvelles, de tous les malheurs, pour les exploiter à son profit, avec une avidité qui prouve combien la faction qui nous opprime est faible et facile à renverser , combien elle a besoin de petits moyens pour se soutenir.

Un garde-du-corps de Monsieur a été arrêté ; il a reçu un coup de pistolet ; on lui a arraché l'ordre qu'il portait..... et vite, le *Drapeau blanc*, la *Quotidienne* et les *Débats* de nous forger une conspiration. Le pistolet était un témoin irrécusable , ces mots y étaient gravés : Ainsi périra tout royaliste.... Vive la Char....

Voilà, certes, des preuves irrécusables : On ne connaît pas encore l'assassin, mais il est évident que c'est un jacobin, un libéral, ou tel autre homme de l'espèce. Hélas ! non. L'assassin est un royaliste , mais un royaliste jaloux, qui, à tort ou à raison, s'est cru victime de certain malheur difficile à prévenir quand Dieu nous a donné une jolie femme, et qu'on ne saurait pardonner même au royaliste le plus pur. Or, le coupable en cette aventure , ce coupable heureux, c'était, dit-on, M. M... garde de monsieur. Le mari parvint à découvrir toute l'intrigue : il s'imagina , ou on lui fit croire que le garde portait sur lui la correspondance de sa belle. Le mari outragé l'attend plusieurs jours avec deux individus, qui avaient éprouvé le même malheur que lui. Enfin, l'amant vient à passer et les trois jaloux tombent sur lui à l'improviste, et s'emparent adroitement de ses papiers, croyant saisir les tendres billets qui devaient confondre l'infidèle.

Tous ces faits sont constatés par le mari lui-même, qui s'est constitué prisonnier et qui a mieux aimé déclarer son nom et sa qualité, que de se voir poursuivi un jour, peut-être, comme *régicide.* Il a refusé positivement de dénoncer ses complices.

Cette histoire est fort édifiante, diront les critiques; au lieu d'une conspiration bien noire, vous nous donnez un conte de ruelle; et puis votre conte n'explique pas tout : On vous attend au pistolet portant des mots mystérieux et terribles. Ah! répondez à cela ?.... On assure, il est vrai, que le pistolet saisi et déposé, dit-on, entre les mains des magistrats, porte certains caractères tout-à-fait dignes du mélodrame; mais bien des personnes croient savoir que le pistolet saisi, n'est pas le pistolet de l'agresseur : Celui-ci, dit-on, était garni en fer, et le pistolet d'opéra est garni en cuivre; et si l'on n'a pas achevé la phrase, qui, sans doute, aurait dénoncé encore plus clairement les gens que l'on voulait perdre, c'est faute de temps; car, ajoute-t-on, les paroles menaçantes ont été écrites à la hâte, au milieu du trouble, par quelque zélé serviteur de la bonne cause, qui se sera imaginé qu'un peu de fraude était justifié par la pureté de l'intention. Voilà ce que certains témoins, dont le rang et la position en cette aventure fortifieront singulièrement les assertions, se proposent, dit-on, de déclarer aux débats.

Petite macédoine.

DES cris de victoire retentissent déjà dans tous les vieux salons du faubourg Saint-Germain; les *honnêtes gens* triomphent : le système représentatif va être anéanti. Le ministère compte déjà, disent-ils, cent vingt-quatre voix en faveur de son nouveau projet. Les *ultrà* sont dans le ravissement, et laissent éclater une joie immodérée.

L'argent, les honneurs, les places vont pleuvoir sur eux, et le peuple saura enfin, comme par le passé, qu'il ne doit être compté pour rien dans un gouvernement *bien dirige.* Déjà toutes les grandes routes sont couvertes de braves *gentilshommes* qui viennent faire valoir leurs droits, et réclamer les récompenses dues à vingt-cinq années de service effectif dans les armées étrangères, ou au zèle qu'ils ont mis à remplir les fonctions dont les avait honorés *l'usurpateur,* et qu'ils n'avaient acceptées, comme chacun sait, que pour avoir occasion de donner de nouvelles preuves de leur attachement à la légitimité. Deux cent soixante préfectures ont été demandées et *promises;* les gouvernemens, les inspections, les grades vont être rendus à *qui de droit;* et la monarchie constitutionnelle, sous le régime de laquelle il est clairement démontré qu'un *homme comme il faut* ne peut pas vivre, va être définitivement renversée. Nous verrons.

— Les journaux annoncent pour aujourd'hui l'arrivée de M. de Serre à Paris. Il vient, dit-on, tout exprès pour défendre le nouveau projet de loi sur les élections. Certains ministres se défiant de leur éloquence, ou craignant les effets de l'impression fâcheuse que leurs discours et leurs *actions* ont produite, même sur leurs agens les plus dévoués, ont, par leurs instances réitérées, hâté le retour de son excellence. Mais c'est moins d'un homme à talent que d'un homme de bonne foi qu'ils ont besoin, dans un parti où la bonne foi est si rare; et dans ce cas ils pouvaient se dispenser de faire faire un voyage *précipité* à M. le garde-des-sceaux. En effet de quels poids seront les paroles de celui qui, après avoir défendu avec zèle les intérêts du peuple, s'est mis dans les rangs de ses plus cruels ennemis; qui, après avoir contribué puissamment à l'adoption d'une loi qui consacrait les droits de la nation, arrive *exprès* pour combattre cette même loi et voter en faveur de l'arbitraire ; qui n'a pas hésité entre la perte de sa place et la violation de la charte ; qui enfin, n'a pas craint de douter de la clémence royale en ravissant à des malheureux , bannis inconstitutionnellement, l'espérance de revoir leur patrie, par ce fatal *jamais* prononcé de la tribune nationale , où , comme tous les mandataires du peuple , il avait été appelé pour plaider la cause de l'infortune ?

— Jusqu'à présent j'avais cru qu'une conspiration était la réunion d'un petit nombre d'hommes qui, mécontens des lois émanées du gouvernement , ou du gouvernement lui-même , travaillaient à sa destruction, par des moyens illicites. Les écrits des hommes *ultra monarchiques* m'avaient bien, à la vérité, fait soupçonner que j'étais dans l'erreur; mais il appartenait à M. le Cardinal de la Luzerne de me convaincre tout à fait. Une lettre de son Eminence insérée hier dans la *Quotidienne*, bien que ne respirant pas l'impartialité et la modération qui devraient être le partage d'un homme de son caractère, contient une définition très-exacte du mot *conspiration*. « La loi des élections (celle « qui est sur le point d'expirer) introduit chaque année « dans la chambre des députés une nouvelle augmentation « d'ennemis, soit de la monarchie, soit de la légiti-« mité etc. » , dit ce chef apostolique. Or on voit que je m'étais réellement trompé et que tout un peuple peut conspirer ; car, d'après cette loi, la majorité de la nation étant appelée à choisir ses représentans, il est clair que la majorité de la nation *conspire* en nommant des députés qui doivent prendre ses intérêts , et qui ont le malheur de ne pas penser comme M. le cardinal.

Les hommes qui s'efforcent de renverser les lois fondamentales de l'état, *ne conspirent* pas ; mais les véritables *conspirateurs* sont ceux qui défendent nos institutions, qui ne veulent rien, qui ne demandent rien, que le maintien d'une Charte, à laquelle la France entière a juré *respect et fidélité*. Les conspirateurs ne sont point ceux qui substituent à des garanties nationales, des lois d'exception, mais bien ceux qui s'opposent à l'adoption de ces lois d'exception. Par conséquent, tous les départemens conspirent, puisque tous les départemens ont reconnu la nécessité *d'introduire tous les ans dans la chambre des députés une nouvelle augmentation de représentans libéraux*. Cent mille pétitionnaires ont *conspiré* en réclamant le maintien de la Charte. La France entière *conspire* en repoussant les lois ministérielles. Certes, voilà une vaste *conspiration*; mais les *conspirateurs* n'agissent pas dans l'ombre, bien différens, sous ce rapport, de messieurs les *verdets* et autres preux de la même farine.

On se rappelle, sans doute, la condamnation de MM. Gévaudan et Simon Lorière, qui avaient cru pouvoir réunir, chez eux, plus de vingt-un amis de la Charte et de la patrie. Depuis leur condamnation, le marquis de *Lutara* s'est cru pleinement autorisé à recevoir les lundis de chaque semaine, tout ce que la coterie des aristocrates possède de plus distingué par la fortune, les talens, et, pour parler le langage des ultrà, *comme il faut*, de plus éminent par l'antiquité historique des noms et des titres. Lundi dernier, vous y eussiez compté, six ducs, treize marquis, dix-huit comtes et vicomtes, trente-trois barons, dont trois de noblesse toute neuve; en tout, soixante-dix ultrà. Je parlais de cette réunion à l'un de mes amis, et je lui témoignais mon étonnement de ce que M. le procureur du roi n'appelait pas M. le marquis de *Lutara* devant le tribunal de police correctionnelle, à l'effet de s'entendre dire par M. de Quinsereau, ce que ce dernier dit dans le temps à MM. Gévaudan et Simon Lorière.

La raison en est toute simple, me dit-il ; ni vous, ni moi, ni qui que ce soit au monde, n'est admis à prétendre que la loi qui défend aux citoyens de se réunir au nombre de plus de vingt-un, y compris le maître du logis, soit applicable au marquis de *Lutara*. Comment prouverait-on, en effet, que, dans une réunion de six ducs, treize marquis, dix-huit comtes et vicomtes, trente-trois barons tant neufs que vieux, il se trouve, je ne dirai pas vingt-un, mais seulement deux citoyens, tels que le manufacturier, l'entrepreneur, le capitaliste et l'ex-colonel que vous avez vus sur les bancs de la police correctionnelle dans l'affaire Gévaudau et Lorière ? — Tudieu, lui répondis-je, mon ami, votre argument est sans réplique ; permis donc au noble marquis de réunir chez lui tous les ducs, marquis, comtes et vicomtes, vidames, barons, voire même les écuyers et varlets, en un mot, tous les remués de hobereaux des royaumes de France et de Navarre. L'article 291 du Code pénal n'y peut rien : il ne parle que de *citoyens*.

~~~~~~

Un courtier de commerce entendait parler, dans un café, de l'arrestation du bossu qui voulait jeter un *marron* sous le guichet des tuileries ; un petit homme, à ailes de pigeon se tuait de dire tout haut dans l'oreille de son voisin : Je parie que c'est un libéral, un jacobin ; et moi, reprit le courtier, je parie que c'est un mouchard-*marron*.

~~~~~~

Les Journaux ont parlé dernièrement d'un duel à coups de poings par suite duquel un des héros est resté sur la place. J'ai appris quelques particularités dont les feuilles censurées n'ont pas rendu compte, les voici : les deux boxeurs mirent pied à terre auprès de la barrière de Vaugirard; et soit que le cahos du cabriolet les eût un peu étourdis, soit que leurs jambes fussent naturellement flexibles, on remarqua facilement qu'ils n'étaient pas fort solides sur leurs jarrets. Après quelques paroles qui paraissaient se rapporter au paiement du cabriolet, et qui ne permirent pas de distinguer si les deux acteurs se disputaient à qui paierait ou ne paierait pas, on les vit échanger une demi-douzaine de gourmades assez fortement appliquées.

Quelques personnes intervinrent, et firent entendre à l'un des champions, que ce genre de combat n'était pas tout à fait convenable entre gens d'honneur. L'un d'eux, chevalier de St-Louis, regarda sa boutonnière et se décida à lâcher prise. L'autre combattant sortit de Paris tandis que le chevalier rentrait au sein de la ville ; mais poussé par je ne sais quel vertige, celui qui avait pris le chemin des champs, revient tout à coup sur ses pas, franchit de nouveau la barrière, court sur le chevalier et lui porte à la fois un défi et un coup de poing. Mal lui en prit, car au bout de quelques minutes, le noble preux lui asséna un horion tellement chevaleresque, qu'il l'étendit mort à ses pieds : preuve nouvelle que, tôt ou tard la tricherie en revient à son maître.

Je connais tel fort de la halle qui serait jaloux du fait d'armes dont je viens de parler ; et, pour ma part, j'invite le preux chevalier à prendre désormais pour devise : *artem, cestumque repono,* se battre à coups de poing ! ah fi donc; c'est aussi par trop *vilain.*

www.ingramcontent.com/pod-product-compliance
Lightning Source LLC
LaVergne TN
LVHW010054060726
842524LV00006B/2191